청소년 시선
003

해저 연애 통신

이병철

시인의 말

엄마랑 동생이랑 매제랑 조카 승유랑 같이 시장을 걷고 어묵을 사 먹고 김치녹두빈대떡도 먹었다. 달걀빵은 승유랑 반씩 나눠 먹었다. 엄마는 쑥을 한 바구니 샀고, 나는 눈깔왕사탕을 잔뜩 샀다. 아빠 엄마 손 잡고 모란시장 가서 강아지 토끼 앵무새 청거북 보며 눈이 휘둥그레지던 1990년 봄날의 내가 시장에 서 있었다. 불러도 불러도 내 쪽으론 돌아보지 않는 내가 저기 있었다. 잠깐 눈을 감았다 뜨니 어린 내가 서 있던 자리엔 햇살만 남아 있고, 승유가 그리로 종종종 걸어와 환하게 웃었다. 이 책은 승유와 함께 읽을 것이다.

2024년 5월
이병철

차례

1부 월척 낚는 꿈

2부 어른이 된다는 것

3부 혼자 하는 캐치볼

4부 해저 연애 통신

나의 청소년 시절 이야기

독서활동지

1부

월척 낚는 꿈

혼인색

아빠가 가르쳐 주신 견지낚시
연날리기하듯 줄을 풀었다 감으면
스마트폰 진동 같은 떨림이 느껴진다

낚싯바늘을 물고 올라오는 피라미
무지개 색깔로 빛나는 게 신기해
아빠에게 여쭤보니
혼인색이라는 현상이야, 라고 하신다

번식기가 되면 화려한 색깔로 몸을 물들인대
이 작은 피라미도 이차 성징을 하는 거라고
물고기도 알록달록 자기 색깔을 뽐내는데
우리는 모두 똑같은 교복에 검은 머리카락

몸속에 무지개 한 다발 마음속엔 천 색 물감
꿈색 사랑색 열정색 개성색 웃음색
울긋불긋한 색깔들이 우리에겐 참 많은데

딴짓

밥 먹는 것도 잊고 찌만 보고 있어요

오줌이 마려워도 꾹 참고 찌만 보고 있어요

눈이 아프도록 지켜봐도 찌는 올라오지 않아요

너무 심심해 잠깐 딴짓하면 그때 찌가 올라와요

이미 늦었죠 물고기 놓치고 말았어요

내가 열심히 공부할 때는 아무도 봐 주지 않는데

꼭 잠깐 딴짓할 때 엄마도 보고 선생님도 봐요

딴짓할 때 쭈욱 올라가는 찌처럼

엄마의 눈꼬리도 선생님의 목소리도

내가 딴짓할 때만 쭈욱 쭈욱 올라가요

흑염소와 민박 할아버지

파서탕 민박집 할아버지가 나무에 매어 놓은 흑염소
까만 털 속에서 투명하게 반짝이는 눈망울이 예뻐요
귀여워서 한참을 쓰다듬어요

안 돼! 민박집 할아버지가 흑염소를 끌고 가요
무슨 일이 벌어질지 알고 있는 나는
그만 울음을 터뜨리고 말아요

어른들이 주먹돌로 만든 화로에 석쇠를 얹어요
흑염소 고기가 노릇노릇
이러면 안 되는데 아…… 고소한 냄새!

흑염소야 미안해,

울음 뚝 그치고 맛있게 고기를 먹어요
민박집 할아버지가 껄껄 웃으며 내 머리를 쥐어박아요

그분이 폭우 때 산사태로 돌아가셨다는 걸
이듬해 수해 관련 뉴스를 보고 알게 되었죠

나한테도 추억이라는 게 이제 조금 생기는데
추억 속 사람들은 왜 하나둘씩 떠나갈까요

금이다!

어른들이 낚시할 동안 나는 잔잔한 계곡물에서 물놀이를 한다

물안경 쓰고 잠수하면 돌고기 모래무지 마자 피라미 사탕 같은 물고기들

투명한 물속 저기 무언가가 금빛으로 빛난다 반짝반짝 저게 뭐지?

금이다! 저건 금이 분명해!

개구리헤엄을 쳐서 금덩어리를 손으로 집었는데

왜 부서지는 걸까? 불안한 예감이 든다 설마 하고 손 냄새 맡아 보니

똥이잖아! 금이 아니라 똥이라구!

황금 보기를 똥같이 하라는 우리 담임 샘 말씀이 옳았어

월척 낚는 꿈

지난밤에 큰 물고기 낚는 꿈을 꿨다
월척이었다 아니 고래였던 것 같다
좋은 일이 생길 것 같은 예감
이게 웬열? 아빠가 피자헛에 가자고 한다
오, 예! 역시 꿈자리가 좋더니만!
치즈크러스트 크런치포켓 갈릭버터쉬림프
내가 고르는 대로 다 시켜 주는 아빠가 낯설다
—피자 먹고 아빠랑 어디 좀 같이 가자
—네 아빠, 그런데 어디를요?
아빠는 말없이 나를 차에 태운다
도착한 곳은 정형외과, 분위기가 이상하다
불길한 예감은 왜 틀린 적이 없을까
어젯밤 월척 낚은 꿈이
오늘 내 고래 잡는 예지몽이었다니!
아빠가 밉다
다시는 피자를 먹지 못할 것 같다

다음 생에는

인스타그램에 낚시로 잡은 물고기 사진 올리면
친구들이 댓글을 단다
야, 물고기가 불쌍하지도 않냐?

그걸 잡으려고 고생한 내가 더 불쌍하거든?
덥고 춥고 모기 물리고 진흙에 발 빠지고 텐트에서 자고
내가 더 불쌍하기 때문에 잡은 고기를 맛있게 먹는다

오늘은 고소한 볼락구이
볼락들아 미안해
다음 생에는 내가 새우나 지렁이로 태어날게!

물고기가 부러워

나는 물고기가 부럽다
강과 바다를 자유롭게 헤엄치니까

하지만 수달이나 낚시꾼에게 잡아먹히는
물고기가 되고 싶지는 않다

그래도 부러운 건 부러운 거다
나는 정말 물고기가 부럽다

왜냐면 물고기는 눈 뜨고 잘 수 있으니까

별명이 '수면제'인 수학 선생님
'에이스 침대'인 사회 선생님

수학 시간 사회 시간에
졸다가 맞은 꿀밤만 몇 대인지!

눈 뜨고 자는 물고기가 부러워
물고기에게 그 기술 배울 수 없을까?

선생님은 오늘도 꽝

우리들이 제일 싫어하는 수학 시간
반은 꾸벅꾸벅 졸고 반은 선생님 몰래 스마트폰

귀에 못이 박히도록 들어도 외워지지 않는
근의 공식 인수분해 이차방정식 삼각함수

—이 문제 한번 풀어 볼 사람?
—정답 아는 사람 손 들어 봐

교실에는 어색한 침묵만 흐른다

정말 몰라서 손을 못 들기도 하지만
왠지 잘난 척하는 것 같아 서로 눈치 보는 친구들

선생님은 손이 번쩍 올라오기만 기다리는데
올라올 듯 안 올라오는 낚시터의 찌처럼
우리들도 손 올릴 듯 말 듯 옴짝달싹

오늘도 꽝이시네요 선생님

식탐 이기기

떡밥 중에는 딸기 향이 나는 것도 있고
삶은 감자 냄새가 나는 것도 있고
구수한 미숫가루 같은 것도 있다

내가 물고기라도 안 먹고는 못 배길 맛
물고기에게 지렁이는 아마 먹음직스러운 스테이크
징그러운 구더기도 별미겠지

메기 낚시를 할 땐
돼지비계나 삼겹살을 쓰는데
미끼로 쓰지 말고 내가 먹어 버릴까?

낚시터는 물고기들의 맛집
이것도 먹고 싶고 저것도 먹고 싶을 텐데
물고기들은 아무거나 막 먹지 않는다

식탐을 참은 물고기들은 살고
못 참은 물고기들은 매운탕이 된다
물고기도 식탐을 이길 줄 아는데

피자 치킨 족발 감자탕 떡볶이 튀김 아이스크림
유혹을 못 이긴 우리 형
지금 군대 건강소대에서 강제 다이어트 중

물고기 별명

물고기 이름 재밌는 게 참 많다
친구들에게 물고기 별명을 붙여 줘야지

말할 때마다 독가시 쏘는 남수는 쏘가리
수업 때 딴짓하다 들켜 놀라 자빠지는 진우는 놀래미
게임하느라 늘 눈이 벌건 기영이는 눈불개
뭐만 만졌다 하면 부숴 버리는 대희는 부시리
건망증이 심해 기억이 가물거리는 진형이는 가물치
아무 데나 오줌을 갈기는 성국이는 갈겨니
눈치를 많이 보는 병현이는 누치
여친 잘 만나 요즘 복에 겨운 상표는 복어
툭하면 우는 신준이는 우럭, 얼굴 넓적한 상호는 넙치
나는 물고기들 중에 가장 귀하다는 다금바리

물고기들끼리 모여서 떠들고 장난치다가
죠스가 나타났다!
이름이 백상우라서 백상어로 불리는 우리 담임 샘

이제 보니 우리 반은 아쿠아리움이었네

친구 낚시

껵지 낚시도 재밌고
피라미 낚시도 재밌지만
뭐니 뭐니 해도 제일 재밌는 낚시는
친구 낚시예요
친구를 낚는 게 가장 쉬워요
엎드려 자는 친구 안경에
빨간 매직 칠하고 불이야! 외치기
개교기념일에 전화해서
정상 수업이라고 뻥치기
컵라면 딱 한입만 먹겠다고 하고는
한 젓가락에 몽땅 집어삼켜 버리기
소개팅 시켜 준다고 해 놓고는
내가 가발 쓰고 카페에 앉아 있기
다시는 안 속는다면서
맨날 속는 내 친구
알면서 속아 주는 건지
정말 몰라서 속는 건지
친구 낚시는 정말 재밌어요
아이디어가 계속 샘솟아요

북해

오늘 수업 시간 선생님 말씀

"우리나라는 삼면이 바다로 둘러싸여 있단다"

동해, 서해, 남해…… 왜 북해는 없을까?

"선생님, 북한에도 바다가 있나요?"

바보 같은 질문이라며 선생님께 꾸중을 들었다

그렇구나, 북한 북쪽엔 바다 말고 중국이 있으니

북해라는 말은 없겠지만

북한 바다 이름도 동해, 서해라면

그 바다도 우리나라랑 똑같은 바다라면

그 바다에 가서 낚시하고 싶다

고등어, 대구, 우럭, 참돔, 볼락……

우리 바다 물고기랑 똑같이 생겼을 물고기들

잡아서 북한 친구들과 맛있게 구워 먹어야지

2부

어른이 된다는 것

낄끼빠빠

해수욕장에서 해수욕은 안 하고
술 마시며 화투만 치는 아줌마 아저씨 들이 있다

뭐가 그렇게 재밌나 슬쩍 쳐다보면
— 얌마, 어른들 노는 데 끼는 거 아니야

여름 방학 때 남사친 들이랑 경포대 해수욕장에서
노래도 부르고 게임도 하고 신나게 노는데

아줌마 아저씨 들이 와서
— 뭐 그렇게 재밌게들 노냐? 같이 놀자
— 저 죄송한데요, 애들 노는 데 끼는 거 아니에요

어른들은 참 이상하지
어른들 노는 데 애들은 가라더니
애들 놀 때는 꼭 같이 놀려고 한다니까

'낄끼빠빠'라는 말도 모르나 봐
— 낄 때 끼고 빠질 때 빠져라

야속한 시계

5교시 수업 시간, 졸려 죽겠다
시간이 왜 이렇게 안 가는 걸까

벽시계를 보면서
예쁘다, 멋지다, 사랑해
좋은 말들을 해 줬더니 시간이 빨리 간다

칭찬은 시계도 춤추게 하는구나?

마침내 수업 끝
친구들과 함께 온 방 탈출 카페
제한 시간 안에 이 방을 탈출해야 해

오늘 우리가 선택한 방은 '스카이캐슬'
세 번의 힌트 찬스는 이제 다 썼고
아직 열어야 하는 문은 많은데
시계를 보니 헉, 시간이 다 돼 간다

예쁘다, 멋지다, 사랑해

시간이 더 빨리 간다
바보, 못난이, 너 싫어!
으악, 시간이 쏜살같이 가 버린다

결국 우리는 방 탈출에 실패했다
성공 인증 샷을 인스타그램에 못 올린 채
터벅터벅 학원에 갇히러 간다

뺏어 먹은 자의 최후

수업 시간에 몰래 먹는 과자는 왜
짝꿍 걸 뺏어 먹어야만 맛있을까
내가 사 먹으면 그 맛이 안 나
야 조금만 더 줘 봐
교과서로 얼굴을 가리고 몰래 입에 넣어
소리 안 나게 오물오물
선생님한테 딱 걸렸다
짝꿍은 안 걸리고 나만 걸렸다
뺏어 먹은 자의 최후는 핵꿀밤
나는 노량진수산시장의 물고기처럼
파닥파닥 파다다닥 아파서 날뛰었다

나, 너한테 낚였어

자칭 세젤예 다솜이가 소개팅 어플 열심히 하더니
옆 학교 남자애들이랑 미팅 약속을 잡았다
토요일 낮 네 시 홍대입구

—걔네들 몬스타엑스라고 하니까
 우리는 아이브 구성해서 나가자
 멤버는 내가 선발한다
 일단 난 안유진을 맡을게

다솜이의 선택을 받은
나, 도영이, 다경이, 규란이, 서정이
우리 여섯 명은 편집 숍 가서 옷도 사고
미용실 가서 머리도 다듬고 네일도 받았다

떨리는 마음으로 셔누와 아이엠을 기다리는데
저 멀리 보이는 여섯 개의 실루엣
온다, 온다, 온다!

몬스타엑스가 아니라 포켓몬스터잖아!

이상해씨, 리자몽, 고라파덕, 야도란, 꼬부기, 구구……

야, 낚였어! 튀어!
빛의 속도로 달린 우리는
다솜이를 벽에 몰아넣고 딱밤 한 대씩 먹였다

나, 너한테 낚였어!

다솜이는 몬스타엑스에게 낚이고
우리는 다솜이에게 낚인 날

네버랜드

"너는 춤출 때 무슨 생각 하니?"
친구들에게 늘 듣는 질문이에요

정답은 "아무 생각도 안 해"랍니다
춤출 땐 춤 생각뿐이에요
어떻게 하면 카리나 언니처럼 스웨그 넘칠 수 있을까
스텝을 이리 밟을까 저리 밟을까
이놈의 허리는 대체 왜 안 꺾일까

댄스 스튜디오는 내 피난처예요
학교, 학원, 과외, 숙제, 내신, 수시, 정시……
머리 아픈 것들로부터 달아날 수 있거든요
내가 춤출 때 세상엔 오직
거울 속의 행복한 나밖에 없어요
걱정하는 나도 없고 열등감 덩어리 나도 없어요

학교로 돌아오면 밀린 숙제들과 온갖 참고서
가정 통신문, 청소 당번, 아침 조회, 야자, 모의고사
삐친 친구 달래 주기, 빌린 돈 갚기, 줄인 교복 치마 다시

풀기

    짜증나고 괴로운 일들이 한꺼번에 몰려와요

    춤이라는 네버랜드에서 나오자마자 세상은 전쟁터네요

    엄마는 내가 댄스 스튜디오에 다니는 줄 모르는데

    설마 들키진 않겠죠? 들키면 집에서 쫓겨나요

    카리나 언니처럼 유명한 가수가 돼도 용서 안 해 주실

거예요

    우리 엄마는 래퍼거든요 엄마의 유일한 음악은

    서연고서성한중경외시 서연고서성한중경외시뿐이라

서요

길고양이를 사랑하는 이유

내가 왜 길고양이를 사랑하는지 아세요?
학교에선 아무도 나와 눈 마주쳐 주지 않거든요
아니, 사실 내가 눈 마주칠 용기가 없어서 그래요
나는 키 작고 뚱뚱하고 못생겼어요
아무도 나와 놀아 주지 않죠
그런데 길고양이는 동그란 눈으로 나를 바라봐요
나는 그 맑은 눈을 한참 바라보다
"다음에 또 만나자" 인사하곤 해요
캄캄한 골목길에서 길고양이 눈망울을 바라본 게
태어나서 처음 해 본 아이 컨택이에요
다음에 만나자는 약속도 처음이었어요
길고양이와 친해지다 보면
학교 애들에게도 다가갈 수 있겠죠?
세상과 친해지려고
세상과 눈 마주치려고
주머니에서 용돈을 꺼내야 하나 말아야 하나
고양이의 귀여운 눈동자가 생각나요
오늘도 나는 길고양이에게 츄르를 줘요

풀잎의 노래

벼락치기 공부하는 새벽, 화초 가꾸기가 취미인 존잘 영어 샘 생각을 합니다

저는 아무 들풀이라도 좋답니다 당신께서 이슬처럼 저를 깨우면, 아직 해가 뜨지 않은 보랏빛 아침에 제 부드러운 손을 내밀어 당신의 뺨을 쓰다듬겠어요

해가 떠오르면 당신은 연기처럼 사라지겠지만 나는 당신의 환한 미소를 결코 떠나보낼 수 없어요

만점 받아 당신을 웃게 해 드리고 싶어도 영어 포기자인 저는 시든 풀이 되어 누렇게 말라비틀어질 뿐이지요

그러나 간절히 기도합니다 샘, 부디 비가 되어 내려 주세요 당신의 촉촉한 사랑이 제 가슴에 분홍색 꽃 한 송이 피워내도록……

그렇게만 해 주신다면 저는 이 세상 모든 문법과 어휘를 밤새도록 외울 수 있답니다

어어? 비가 와요

정말로 비가 와요! 제 영어 시험지에 쫙쫙 소낙비가 내려요!

벌꿀오소리처럼

아프리카 초원에는 벌꿀오소리라는 녀석이 있어요 괴상
하게 생긴 데다 성깔도 더러워서 깡패라고 불리지요 코브
라랑 싸우고 사자랑도 싸워요 깡다구가 장난 아니랍니다
모든 동물들이 기피하는 초원의 무법자, 내가 꼭 벌꿀오소
리 같아요 못생기고, 성격 나쁘고, 맨날 여기저기 시비 걸
고, 엄마에게 까칠하고, 분노 조절을 잘 못하거든요 그래도
벌꿀오소리처럼 살고 싶진 않아요 점잖은 기린처럼, 고상한
얼룩말처럼 살고 싶은데 세상은 왜 도와주질 않는 걸까요?
담임, 학주, 알바 사장, 일진 언니, 꼰대 들…… 다들 날 좀 건
드리지 마세요 벌꿀오소리처럼 한번 미쳐 날뛰어 볼까요?
감당할 수 있으시겠어요?

가장 맛있는 라면

새벽에 엄마 몰래 끓여 먹는 라면이
가장 맛있다는 걸 친구들은 모른다
이 존맛탱 라면을 완성하기까지 두 번의 고비가 있지
처음, 냄비에 물 받을 때
다음, 가스레인지 불 켤 때
냄비에 생수를 조심스레 부어 물소리를 최소화한다
화장실 변기 물을 내리고는 잽싸게 가스레인지를 켠다
오랜 경험으로 축적된 나만의 노하우
이제 수프를 풀고 반으로 쪼갠 라면을 넣을 차례
고요함이 면발을 더욱 꼬들꼬들하게 하고
긴장감은 내 영혼을 라면 먹기 딱 좋은 상태로 만든다
숟가락으로 국물을 떠서 후루룩
젓가락으로 라면을 집어 후루룩
기침이 쿨럭쿨럭 콧물이 흐르는데
아, 머리부터 발끝까지 짜릿한 감동
몸속에 햇살처럼 퍼지는 MSG의 맛

너희들은 그 맛 절대 모를걸?

야, 웃기지 마
더 맛있는 라면 먹어 볼래?

친구들 따라 야자 땡땡이치고 학교 담을 넘었다
또순이분식집에서 치즈라면 떡라면 만두라면 짜파게티
우와, 이건 신세계잖아?
세상에서 가장 맛있는 라면이
땡땡이치고 먹는 라면이라는 사실을 깨달았다
몰래 먹을수록 고소한 라면
긴장한 속을 얼큰하게 풀어 주는 라면
하루에 열 개라도 먹을 수 있어

맹장 수술

병원에 누워 있으니 나쁜 것들이 그리워진다. 제일 그리운 건 다솜이 집에서 몰래 마시던 다솜이 아빠 과일담금주. 수액 대신 달콤한 과즙 주사 맞는 상상을 하루에도 몇 번씩 하는지 몰라. 꼬들꼬들한 라면을 후루룩 빨아들이면 지난 여름 방학 황홀한 첫 키스의 쾌감, 너희는 모르지? 종일 하얀 병실 천장을 바라보고 있으니까 불판으로 변한 천장에 삼겹살이 노릇노릇 익어 간다. 햄버거에 콜라, 치킨에 밀키스, 우리 동네 분식집 순대 떡볶이야말로 최고의 명약인데…… 병원 밥은 고단백 저칼로리, 사람으로 치면 얌전하고 착하고 공부 잘하고 땡땡이도 연애도 게임도 거짓말도 안 하는 모범생 수연이나 마찬가지. 내 전생은 먼 옛날 아프리카에서 썩은 고기를 먹던 하이에나였나 봐. 담임 샘 말씀에 따르면 일본의 장수 노인 어느 분은 술 담배를 백 년 동안 하셨대. 우리 인생 속엔 학교와 도서관만 가득해. 거기 잔뜩 쌓인 책만 먹다가는 영양실조로 죽을지도 몰라. 나는 그것들을 허물고 분식집과 클럽을 지을 거야. 두고 봐, 오늘밤 의사 샘 몰래 라면 먹을 거니까. 맹장염에는 핵불닭볶음면이 좋다고, 내 처방전에는 그렇게 쓰여 있거든.

공부법

인터넷에는 수많은 공부법이 소개되어 있어요
저한테 딱 맞는 공부법은 무엇일까요?

1. 올림픽 공부법: 참가하는 데 의의를 둔다
2. 이순신 공부법: 나의 정답을 선생님께 알리지 말라
3. 손병호 공부법: 공부 접어
4. 배추 공부법: 포기다
5. 애덤 스미스 공부법: 보이지 않는 손이 대신 공부한다
6. 전어 공부법: 내년 가을에 다시 돌아온다
7. 호랑이 가죽 공부법: 시험지에 이름 석 자만 남긴다
8. 흥선 대원군 공부법: 새로운 지식은 거부한다
9. 수박 공부법: 겉핥기만 한다
10. 치킨 공부법: 정답 반 오답 반

이미 다 하고 있는 공부법이거든요?
여러분, 제가 이렇게 공부를 열심히 한답니다!

대청소

　생각이 많을 땐 청소를 해요 방 안에 어질러진 옷이며 빨래며 쓰레기며 책 들을 버릴 건 버리고 제자리에 둘 건 제자리에 두고 자리를 바꿀 건 바꿔요 난잡하던 방에 질서와 여백이 생기면 어수선하던 내 생각들도 버려질 건 버려지고 제자리로 갈 건 가고 자리 바꿀 건 바꿔요 새로운 마음가짐이 필요한 시험 기간, 청소하길 잘했어요 게으른 내가 책상에 앉아 공부를 다 하잖아요?

진심

진심을 전하는 건 너무나 어려워
내 진심이 그 아이의 마음에 둥지를 틀고
작은 새 울음소리를 내기까지
얼마나 많은 어긋남의 빗줄기에
내 마음은 생채기를 입어야 하는 걸까

진심을 아는 건 너무나 어려워
멀리서 여린 날갯짓으로 다가오는
진심을 뚜렷하게 볼 수 있기까지
얼마나 날카로운 오해의 가시들로
그 아이의 날개를 다치게 해야 하는 걸까

관악산 둘레길에서 만난 사당초등학교 25년 후배와의 대화

아저씨 저는요 고양이를 키웠는데요
숲에서 혼자 울고 있던 아기 고양이를 데려와서요
이름은 복댕이고요
동생처럼 아끼고 예뻐했는데요
어떤 아줌마가 쥐약 먹여서 죽었어요
다른 고양이를 키우더라도
제 슬픈 마음은 나아지지 않을 거예요

어른이 된다는 것

고무줄놀이 인형놀이 숨바꼭질 얼음땡
공기놀이 소꿉장난 눈싸움 액체괴물 만들기

어릴 땐 그렇게 재밌더니 이젠 다 시시해

우리들은 이제 볼터치 하고 반스타킹 신고
커버댄스 추면서 어른 흉내 내고 노는데

어릴 적 소중하던 것들이
더 이상 소중하게 느껴지지 않을 때
어른이 되는 거래

엄마가 뜨개질해 준 스웨터
아빠가 만들어 준 나무 인형
크리스마스 카드들, 교환 일기장, 우표 앨범, 스티커 사
진……

방 한구석에서 먼지 쌓인 채 잊혀 가는 내 어린 시절

앞으로 더 많은 추억들이
더 많은 사람들이
더 많은 소중한 것들이 시시해지겠지

얘들아
너희가 나를 소녀로 남게 해 줄래?

너희와 노는 것마저 재미없어지면
그땐 정말 어른이 될 테니 말이야

나는 그게 너무너무 두려워

3부

혼자 하는 캐치볼

졸업

수학 공식을 가르쳐 준 선생님 없이 혼자 공부하고

사랑을 가르쳐 준 첫사랑 없이 혼자 이별하고

술담배 가르쳐 준 형들 없이 혼자 방황하고

실패를 가르쳐 준 시험지 없이 혼자 낙심하고

우정을 가르쳐 준 친구들 없이 혼자 장난치고

교문을 걸어 나가 어른이 되기만을 기다렸는데

다들 어른이 될 동안 나만 교복을 벗지 못했어

빨간 모자

사업 부도 후 집을 떠난 아빠가
일 년 만에 전화를 걸어 왔다

아빠 본다는 생각에 설레어
토요일 오후 성남 비행장으로 갔어 중2 봄날이었지

에어쇼 전투기들이 오색구름 그리며 날아오르는 하늘
저 멀리 모래바람 속에 아빠가 손을 흔드네?

빨간 모자를 쓰고 앞치마를 두른 아빠는
소시지를 굽고 있었어 파인애플을 꼬치에 끼우고 있었어

나는 마냥 즐거웠어 친구에게 이것저것 막 손에 쥐어 줬어
아빠는 환하게 웃었어

빨간 모자 아래 웃음이 웃음이 아니었음을 눈치챘을 때
나는 고3이 되어 있었지

머리가 굵어 아빠가 어려웠지

아빠를 자꾸 아버지라고 불렀지
살가운 말 한마디 하지 못했지
더 이상 같이 목욕탕에 갈 수 없었지

소시지나 파인애플 따위는
줘도 안 먹는 싸구려 군것질거리가 돼 버렸지

혼자 하는 캐치볼

우리 집이 잘살았을 때
그러니까 집도 우리 집이고 아빠 차도 있고
엄마가 일 안 나가던 때
할아버지 할머니가 박스 줍기 안 하던 때
주말마다 아빠와 캐치볼을 했지
운동 끝나고 여섯 식구 모여 앉아 밥을 먹었지
걱정도 고민도 외로움도 없던
내가 가장 행복하던 시절

아빠 사업이 실패하고
차가 없어지고 월세방으로 이사 가고
엄마는 식당에 일 나가고
할아버지 할머니 박스 줍고
동생은 자꾸 가출하고
아빠는 몇 년째 집에 오지 않게 됐을 때
제일 슬픈 건 혼자 먹는 밥
학교 끝나면 어두운 반지하방으로 내려와
부르스타를 켜고 라면을 끓였지
매일 먹는 라면 또 라면 또 또 라면

뜯지도 않은 이삿짐에서 아빠 야구 글러브를 발견한 날
버스 타고 내리고 다시 버스 타고 내리고
겨우 찾아간 어린 시절 동네 운동장
아빠와 함께 캐치볼 하던 자리에 아빠는 없고

여기서 공을 던지다 보면 아빠가 올까
야구공으로 원망스러운 하늘을 부수면
우리 가족 모여 앉아 함께 밥 먹을 수 있을까
있는 힘껏 하늘로 야구공을 던지는데
부서지는 건 눌러쓴 모자 아래 내 눈물뿐

울타리

저수지에서 밤새 낚시를 해
붕어 몇 마리 잡았다
살림망에 넣었던 붕어들
다시 저수지로 돌려보내 줬다
놔 줘 봤자 다른 낚시꾼에게 또 잡힐 텐데

학교도 우리들을 잡았다가
스무 살 되니 놔준다
3년 동안 붙잡아 두더니
이제 가라고 한다
갈 곳도 받아 주는 곳도 없는데
그냥 가라고만 한다

아무리 헤엄쳐도
저수지를 벗어날 수 없는 붕어처럼
교문 밖으로 나가 봤자
또 다른 울타리에 갇히겠지
가난이라는 울타리
고졸이라는 울타리

만나고 헤어지고

강물은 흐르고 흘러 바다를 만나고
새들은 허공을 날아 따뜻한 나무를 만나고
귀뚜라미는 울음이 노래 되는 가을을 만나고
소금쟁이는 물 위에 뜬 은하수를 만나고
새벽은 먼 마을의 불빛을 만나고
물고기는 수몰 마을의 돌담집을 만나고
대학 들어간 친구들은 애인을 만나고
취업 나간 친구들은 나쁜 어른을 만나고
일찍 자퇴한 친구들은 경찰을 만나고
오토바이 타던 현민이는 돌아가신 엄마를 만나고
다들 어디론가 가고 누군가를 만나는데
아무 데도 가지 못한 나는 텅 빈 집의 어둠을 만나고
어둠 속에서 혼자 울다 아침을 만나고
아침의 환한 빛 속에서 내 꿈과 또 헤어지고

기다림

외롭고 힘들어도
기다리고 기다리면
언젠가는 온다고, 언젠가는 꼭 온다고

기다리면 온다더니
아무리 기다려도 오지 않는다
친구들은 교실로 돌아오지 않고
고등어조림 해 놓고 나간 엄마도 오지 않는다

쿠팡 물류센터 합격 통보를 기다려도
나를 데리고 갈 센터의 문자는 오지 않는다
기다리면 오는 것은 시외버스뿐

버스를 타고 간다
기다릴 게 없는 낯선 동네로
기다림이 없어서 기대도 실망도 없는 곳으로

오지 않는 것들을 기다리면서
홀로 강둑 위에 서 있다

내가 기다리는 것들은 모두 멀리 있고
나를 기다리는 건 캄캄한 강물 소리뿐

엄마, 아무리 기다려도 나는 갈 수 없어요
내가 어른이 되길 기다리다 지쳐 버린 내 그림자가
나를 붙잡고 어디로도 못 가게 하니까요

할리우드 액션

태평백화점 뒷골목 김가네에서
시급 이천오백 원 받고 배달할 때
수능 시험 안 보는 공고생이라며
아무도 나를 학생이라 부르지 않았지

뉴스에서는 매일 이번 수능이 어쩌고저쩌고
티브이를 틀면 수험생 여러분 힘내세요
레스토랑에는 수험생 할인 이벤트 현수막이 걸려 있고

인문계 학생들이 공부할 때
우리는 캄캄한 지하 실습실에서 납땜을 했다
인문계 다니는 친구는 공부해서 대학 가는데
전자과 명호는 일찍 취업해 공장 기계에 손이 끼고

우리들은 술집으로 흘러들어 서빙을 하고
오토바이에 철가방 싣고 배달을 다녔다
일 끝난 늦은 밤에 모여 사장 뒷말하고
같이 일하는 여자애 이야기하며 술을 마셨다

수업 시간에는 엎드려 잠만 잤다
즐겁고 행복했다, 아니 그런 척했다
미래에 대한 두려움이 왜 없었을까
그걸 감추려고, 쪽팔리지 않으려고
우리들의 방황은 그저 안쓰러운 할리우드 액션이었을 뿐

어떤 아르바이트

1

처음 보는 번지수였다 금방 찾아가겠지, 오토바이에 시동을 걸었다 한참 헤매다 도착한 곳은 허물어져 가는 쪽방촌, 어둠과 습기로 가득 찬 계단을 올라 문을 두드리며 "배달이요"

문을 연 건 늙고 야윈 여자, 방 안에는 더 늙은 남자가 가래 기침을 뱉고 있었다

쫄면과 짬뽕라면은 불어 터졌고, "죄송합니다 다시 가져다 드릴게요"
"찾아오느라 고생했을 텐데 괜찮아요" 부부가 환하게 웃어 보였다

그릇을 찾으러 갔을 때, 설거지된 그릇이 반짝반짝 달빛을 반사하며 계단 아래 놓여 있었다

2

며칠 뒤 신동아아파트로 배달을 갔다 김밥과 떡만둣국,

주문 전화를 받은 지 이십 분 만에 초인종을 눌렀다 문을
연 아주머니는 음식이 늦게 왔다며, 김밥 포장이 제대로 되
지 않았다며

"이.런.걸.누.구.더.러.먹.으.라.는.거.야."

가슴에 못이 박힌다는 말을 그때 실감했다 음식을 다시
갖다주고, 가게로 돌아와 식어 버린 김밥과 떡만둣국을 먹
으며 나는 울었다

그릇을 찾으러 갔을 때, 반쯤 남은 떡만둣국과 휴지와 담
배꽁초가 담긴 그릇을 보며 다시는 울지 않겠다고 다짐했다

3
몇 달 뒤 쪽방촌은 철거됐지만 아파트는 아직도 그 자리
에 서 있다

안 울겠다고 다짐했는데 울어야 할 일들이 너무나 많다

영진이의 자전거

어릴 적 동네에 '영진아' 하고 부르던 한 살 위 형이 있었
어요 생김새는 이티 같고 동작이 굼뜬 영진이는 우리들의
놀림감이었죠

영진이는 늘 자전거를 타고 다녔어요 비가 오나 눈이 오
나 거북이 등껍질 같은 가방을 멘 채 바람 빠진 자전거를
타고 골목을 느릿느릿 빠져나갔죠

내가 초등학교 6학년 때, 큰 교복을 입고 우스꽝스럽게
자전거를 타던 영진이를 마지막으로 봤어요 몇 년이 지나
영진이를 놀리던 꼬마들은 이제 동네에 살지 않아요 매일
같이 놀던 그 애들 얼굴도 희미한데, 나는 영진이를 까맣게
잊고 살았죠

어제 있었던 일이에요 한 꼬마가 자전거를 타며 신문을
읽느라 핸들에서 손을 떼고 고개는 푹 숙인 채 보도블록을
달려오는 게 아니겠어요? 이놈아 그러다 다치면 어쩌려고
그래! 꾸짖으러 다가서려는 순간, 신문에 가려진 얼굴이 나
타났어요

영진이었어요 틀림없는 영진이었어요 여전히 등껍질 같은 배낭을 멘 채 낡은 자전거를 달리고 있었어요 세상 노을을 다 뒤집어썼는지 벌써 늙었고요 머리가 하얗게 세어 있었어요 그 자리에 발이 붙어 버린 내게 눈길조차 주지 않고, 그 옛날 비웃음과 조롱의 골목을 빠져나가듯 나를 지나쳐 갔어요

나는 한 걸음도 움직일 수 없었어요 눈물이 두 뺨을 타고 흘렀어요 살아 있었구나 앙상한 다리로 페달을 돌리며 세상의 험한 비탈을 달려왔구나 눈물을 닦느라 정신없는 나를 골목의 전봇대처럼 세워 둔 채 영진이는 가 버렸어요 나를 알아봤을까? "영진아, 이리 와 봐" 싸가지 없던 어린 날의 내 목소리가 귓가에 두근거렸어요

"형!" 나는 목구멍에 가시처럼 걸린 그 한마디를 끝내 외치지 못했어요 녹슨 노을 속으로 사라지는 영진이의 자전거를 바라보며 "형, 영진이 형……" 한참을 중얼거리고 서 있었죠

영빈관 짜장면

영빈관이라는 중국집이 있었는데요 엄마한테 듣기로는 아빠 친구가 하는 집이래요 아빠 친구 식당이니까 짜장면 한 그릇쯤 그냥 주시겠지 중학교 1학년 어느 날 친구랑 그 집엘 가 "저 가방 공장 아들……" 했더니 정말 공짜로 먹었어요 하루는 친구들 잔뜩 데리고 가 "나만 믿어" 큰소리치고 짜장면 한 그릇씩 먹이기도 했어요 어깨가 으쓱했죠

가만 돌아보니 내가 "가방 공장 아들"이라고 했을 때 아줌마 아저씨는 어리둥절해했던 것 같아요 "누구라고?" 한참 골똘한 표정을 지으셨었죠 그때 동네엔 신흥원, 양자강, 향도장도 있었으니 아마 엄마가 다른 집과 착각했거나 영빈관 아저씨가 아빠 친구가 아니었나 봐요

맹랑한 공짜 주문이었지만 내가 올 때마다, 심지어 친구들까지 데리고 오는 날에도 "곱빼기로 줄까" "밥도 줄까" "더 먹어라" 하셨어요 IMF 터져 아빠 가방 공장 망하고, 얼마 안 가 영빈관도 없어졌어요

지금도 기억나요 춘장 볶는 냄새가 달큼했던, 사진관 맞

은편 속옷 가게 건물 그 지하 식당, 엄마가 돈 빌렸다는 달
· 걀집을 피해서 일부러 빙 돌아 숨어들어 가던, 세상에서 제
일 맛있는 짜장면이 있던 그 중국집

투명 인간 놀이

초록만 있는 초록 그늘 아래서 초록을 만들었다
돌로 나뭇잎을 문지를수록 짙어져 가는 초록을
우리는 칠성사이다 병에 담았다
이걸 마시면 투명 인간이 될 수 있어
초록을 한 모금씩 마신 우리는 사라질 준비를 했다

누가 먼저 사라질래?

약을 마신다고 저절로 사라지는 게 아니야
초록만 있는 초록 그늘 아래로 햇살이 쏟아졌다
초록빛 속에서 우리는 정말 사라지는 것 같았다
사라지려면 주문을 외워야 해
투명 인간이 돼서 하고 싶은 일을 거꾸로 말해

래칠홈를지험시능수
야거갈에럽유고타를기행비래몰
기지라사서에상세이냥그고하안도것무아

우리는 하나둘씩 사라지기 시작했다

보이지도 들리지도 않는 우리는
바람도 냄새도 빛도 아니고 아무것도 아니었다
우리가 사라진 그늘엔 초록만이 둥둥 떠다녔고
어떤 색깔도 우리를 비춰 낼 수 없었다

원래대로 돌아가는 주문을 알려 줘

날이 저무는데, 주문을 모르는 우리는
투명 인간인 채로 집에 돌아왔다
식탁에서 소리를 질러 봤지만
내가 있다는 것을 아무도 알지 못했다

거울 속에도 나는 없었다

독수리 사육

K비행시험학원 종합반 둥지
알에서 깬 독수리 새끼들이
솜털에 덮인 눈망울을 껌뻑거리며
무거운 햇살과 싸운다

요란한 울음소리
안경 쓴 어미 새가 둥지로 날아온다
정신이 번쩍 든 새끼들이
저마다 주둥이를 들이댄다
먹으면 먹을수록 야위는 이상한 먹이

얼마 후면 비행 시험을 치러야 한다
아직 날개에 물기도 가시지 않았지만
새끼들은 날개를 뻗어
깃털을 다듬고 헤진 상처를 핥는다

비행 시험이 아니라 생존 시험이다
날다가 추락해 척추가 부서지거나
도움닫기 도중 도마뱀에게 찢긴

형제들의 주검이 여기저기 널릴 것이다

수백 마리 중 살아남는 건 한두 마리
그래도 새끼들은 형제애로 끈끈하다
서로 어깨를 부여잡고는
어미새가 물어 올 또 다른 먹이를 기다린다

말뚝박기

엎드리면 세상이 지옥 같아요

하늘이 땅으로 곤두박질치고

전봇대는 내가 의지할 십자가가 돼요

내 주머니엔 부러진 크레파스가 가득해요

오늘도 무서운 얼굴들을 그려 볼까요

거꾸로 달려오는 눈 코 입 들은 악마의 표정을 짓고 있어요

내가 왁스 걸레처럼 쓰러져 골목의 노을을 닦을 때까지

날카로운 발목들은 내 등에 칼을 꽂아요

거꾸로 된 세상에서 내 눈 코 입은 아무것도 할 수 없어요

혼자 남겨진 골목에서 눈 코 입을 가려야만

아니 눈 코 입을 버려야만 비로소 나는 웃을 수 있죠

종일 구부러졌던 허리를 펴도 내 세상은 일어서지 않지
만요

새 학기

주먹 속에 모든 눈들이 말려 쥐어진다
주먹은 주목이다, 교실보다 완벽한 링은 없다
돌도끼는 주먹을 본떠 만들었지만
주먹은 원래 텅 빈 것이다
텅 빈 주먹조차 가져 보지 못한 나는
하얀 손으로 피를 닦아 낼 준비를 하고 있다
네 개의 주먹이 부딪치는 걸 기다리고 있다

살로 가둬 둘 수 없는 뼈의 끝에 주먹이 생긴다
몸속 가득 차오르는 분노가 손의 기형을 만든다
주먹은 진화인 동시에 퇴화라는 걸
창밖의 목련나무도 주먹을 말아 쥐고 있다는 걸
기억해라, 바람은 계절을 끌고 올 때 주먹으로 때린다
사람이 사람을 처음 때린 도구는 바윗돌이고
인간은 발차기부터 배우지만
쏟아지는 감정은 항상 주먹에 고인다
그래서 교실에선 연필 대신 주먹으로 쓴다

이제 우리는 먼저 주먹을 버리기 위해

수많은 주먹을 먹고 뱉어야 한다
울면 진다 안경 벗어라
때려, 더 세게 때려
가장 약한 뼈로 가장 단단한 시절을

4부

해저 연애 통신

어린 산천어의 꿈

여물지 않은 꼬리지느러미로 단단한 얼음을 수천 번 때려 댔지 작은 구멍 뚫기 위해 며칠 밤을 지샜어 그때 물옥잠 베개를 베고 잠이 들었지 꿈에선 큰 물고기인 내가 비늘을 반짝이며 계곡과 강을 옮겨 다니는 거야

때론 물살의 칼날에 생채기가 났지 추위가 강물을 얼리면 깊은 어둠으로 숨었어 겨울잠을 자며 봄을 기다렸지 저 아래에서부터 물소리 차오를 때 잠에서 깼어 햇살을 물고 녹은 얼음 위로 헤엄쳐 올라왔지

등이 간질거리며 새 비늘이 돋아나 물속을 파고드는 봄이 따뜻해 누가 알려 주지도 않았는데 세차게 흐르는 여울을 향해 헤엄쳐 이제 무엇을 해야 할지 온몸의 신경들이 알고 있어

나를 감싸던 낡은 비늘이 벗겨지자 얼음 속의 날들이 기억 저편으로 멀어져 등지느러미에 햇빛이 반사되는 순간, 신기해 내 점프가 폭포를 거슬러 오르다니!

만이천 원짜리 결석

사당역에서 777번 타고 수원역에 내려
버스 갈아타 봉담읍 해병대사령부까지 왔다
학생이요 안 하고 현금으로 냈다

아빠가 쓰던 낚시 가방 어깨에 메고
교복 입은 학생들 피해 터벅터벅 걸었다

도로변에는 애기똥풀 가득 피어 있고
화물차 매연 아지랑이 너머
휴가 나가는 군인들이 신나 보였다

덕우저수지 삐거덕거리는 나무 좌대에
간이 낚시 의자를 펴고 받침대를 꽂았다

내 키만큼 찌를 맞추고 낚시를 던졌다
저 물에 빠지면 나도 머리끝까지 잠기겠지
그러면 나도 세상도 다 사라질 텐데

주머니 속 구겨진 만이천 원을 꺼내 낚시비 냈다

찌가 올라오는 줄도 모르고 허공만 보다가
붕어 몇 마리 놓치고 젠장 젠장 욕하면서

저녁에는 낚시꾼 아저씨들 틈에 끼여
스무 살이에요 거짓말하고 라면을 얻어먹었다
소년도 아니고 어른도 아닌 나는 돌아갈 곳이 없는데

만이천 원짜리 결석이 끝나면 어디로 가야 할까
이리저리 비틀거리면서
붉게 번져 가는 야광찌만 바라보았다

미늘

낚싯바늘은 미늘이라는 이빨을 지녔어요
바늘 안쪽에 뾰족하게 튀어나온 갈고리지요
바늘에 걸리고 미늘에 또 걸리고
이중 바늘은 단단히 박혀 절대 빠지지 않아요

어른들의 말 속에는 미늘이 있어요
꼭 두 번 아프게 말해요

모의고사 성적 좀 떨어지면
"공부 안 하고 놀기만 했어?"
"대학 못 가면 인생 실패자 되는 거야"

교복이 좀 더러우면
"가난한 거 티 내니?"
"너희 부모님은 뭐 하시는 분들이냐?"

너무 아파서 반박할 수 없어요
그 어른들은 다 좋은 대학 나와
브랜드 아파트에 살면서 외제 차 타고 다녀요

그 어른들이 나만큼 춤을 잘 출까요?
나만큼 노래를 잘할까요?
몸치 음치라고 실컷 욕하고 싶지만
똑같은 사람은 되지 않을래요

나는 말 속에 미늘 같은 거 세우지 않을 거예요

목줄

아빠에게 생일 선물로 낚시 릴을 받았다
릴에 두 가지 낚싯줄을 감아 주면서 아빠는
목줄을 잘 매어 놔야 한다고 하셨다

목줄이 뭐예요?
채비가 바닥에 걸렸을 때 버리는 줄이야
목줄만 똑 끊으면 비싼 원줄을 아낄 수 있거든

아아, 그렇구나
그럼 내 마음에도 목줄이 필요한데

감정을 아끼기 위해
상처받지 않기 위해
버리는 마음도 있어야 해

모든 사람을 진심으로 대하지 않아도 돼
정말 친한 친구에게만 마음 깊은 곳 내보이면 돼
낯선 사람에게는 아주 조금만 다가가도 괜찮아

내가 사람들의 울퉁불퉁한 모서리에 걸렸을 때
목줄처럼 똑 끊어내서 나를 다치지 않게 해 줄
적당한 미소, 적당한 예의, 적당한 칭찬……
버리는 마음들이 필요해

꿈

한 마리도 안 잡히는데
계속 여기서 낚시해야 할까?
시간만 낭비하는 걸지도 몰라
이러다 꽝 치면 어떡해

자리를 옮겨 볼까?
신중하게 생각하자
괜히 이리저리 옮겼다가
거기서도 못 잡으면 어떡해

한곳에서 묵묵히 기다리다 보면
월척이 잡힐지도 몰라
아니야, 여기저기 도전해 보면
물고기 잡을 확률이 높아질 거야

나는 국어랑 세계지리를 잘하니까
여행 작가가 되고 싶은데
한 가지 꿈만 꾸는 게 맞을까?

가수, 건축가, 소방관, 컬링 선수……
되고 싶은 게 너무너무 많은데
다 꿈꿀 수는 없는 걸까?

일단 낚시에 집중하자
여기서 잡으면 여행 작가!
옮겨서 잡으면 다 해 봐야지!

괜찮겠지

바늘을 대충 묶어도 괜찮겠지
뜰채를 안 챙겨 가도 괜찮겠지
오래된 떡밥을 써도 괜찮겠지

그러다 물고기 다 놓치고 말았지

체육복을 안 챙겨 가도 괜찮겠지
숙제를 조금 덜 해 가도 괜찮겠지
벼락치기 시험공부 해도 괜찮겠지
야자 땡땡이치고 카페 가도 괜찮겠지

그러다 선생님한테 혼나고 내신도 떨어졌다
낚시터에서도 학교에서도 '괜찮겠지'가 문제다

괜찮아, 물고기 좀 못 잡으면 어때
성적 좀 떨어지면 어때
좋은 대학 못 가면 어때

괜찮겠지!

놓아주기

작은 물고기는 놓아주어야 해

나중에 더 커서 만나자고

살던 곳으로 돌려보내 줘야 해

어린 물고기들까지 전부 잡으면

강과 바다는 말라 버릴 거야

새끼손가락 크기만큼 작은 실수들

아직 어려서 잘 모르는 일들

조그마한 투정들까지 다 붙잡혀 혼난다면

내 마음도 사막이 되어 버릴 거야

우체국 골목길

우리 동네 우체국 골목길
수정이네 집 지나갈 때면 꼭
파도치는 방파제가 된다

엄마 심부름으로 우체국 골목길 지나
동해횟집에 도미 사러 가는 길
정말 서울에서 동해 가는 것만큼 멀다

빛나는 건 왜 날카로울까, 은빛 회칼이
눈망울 서글서글한 도미를 자른다
수정이는 참 반짝반짝 예쁜데
나한테는 왜 뾰족한 말만 하는 걸까

수정이네 집 앞에서 내 가슴은 해일주의보
쿵쾅쿵쾅, 파도가 높이 솟아오른다

무슨 말 하려다 오므린 입술처럼
그 집 대문, 살짝 열려 있어서일까
고백할까 말까 내 마음 들뜰 때

바람이 쾅, 대문을 닫아 버린다

나는 갑자기 오글거리고 창피해져서
푸드덕푸드덕
도마 위 도미처럼 방방 뛰며 집에 간다

흘러가 버리면 어떡해

강물에 꽃잎 하나 구름 한 점
고민 한 개 걱정 두 개 비밀 세 개

가짜 미끼로 물고기를 잡는 낚시처럼
사랑도 거짓말로 시작되는 건가 봐
강물에 수정이 얼굴이 어른거린다

잘 보이려고 키높이 깔창도 끼고
진실게임에선 괜히 관심 없는 척도 했는데
내 거짓말 들통날까 봐 불안해

아, 잡고 싶어! 잡을 수 있을까?
수정이 마음을 향해 무엇을 던져야 할까

찌가 움직이기만 기다리는 나는
용기가 없어 머뭇거릴 뿐

이제 깔창도 빼고 고백 편지도 썼는데
도무지 전해 줄 수가 없어

진심만 남은 내 마음으로
먼저 와 줄 수는 없을까?

내 짝사랑 이러다 흘러가 버리면 어떡해

해저 연애 통신

오늘은 속담을 배웠어요
열 길 물속은 알아도 한 길 사람 속은 모른다
아무리 생각해도 사람의 마음은 한 길이 아니라
백 길 천 길 만 길이에요
내 짝사랑 너무 뻔해 금방 들켜 버렸죠
투명해 보이는 그 아이 속을 모르겠어요

하지만 내 마음 얼마나 깊은지 너도 모를걸
열 길 물속보다 깊은 내 마음으로 널 초대할까
아니 내가 네 마음 가장 깊은 곳으로 내려가 볼까
그냥 나랑 같이 사랑이라는 해저로 숨 참고 러브 다이브*

알쏭달쏭한 바닷속 우리의 연애
끈끈한 문어의 의리로 배신 안 할게
용맹한 범고래 용기로 널 지켜 줄게
화려하게 변신하는 해마처럼
나는 네가 원하는 뭐든지 될 수 있어

음악 시간에 합창하면 내 귀엔 너만 들리는 초음파

96

네 입술에 내 입술 닿으면
숨 참고 가슴 쿵쿵
여기는 비밀, 우리만의 세상
풍선처럼 부풀어 오르는 설렘
네 옆에 앉으면 내 심장은 부레가 된다

* 아이돌 그룹 '아이브(IVE)'의 노래

물고기의 전학

나는 물살 잔잔한 호숫가만 헤엄치며
사랑을 하고 있어, 말하는 놈들을 믿지 않는다

내 사랑은 어리석다 포말이 일어나는 급류
세찬 여울을 온몸으로 견디며
폭포 너머에 있는 너를 향해 끊임없이 뛰어오른다

나는 자리를 옮기지 않아
물 위로 낙엽이 떠내려오고 얼음이 쩡쩡 얼어붙을 때까지
여기서 떠나지 않을 거야

그러나 폭우가 쏟아져 세상이 다 물에 잠긴 여름 방학 아침
나는 원치 않는 물살에 떠밀려
이제 너를 볼 수 없는 곳으로 가야만 하는데

먼 훗날에 나는 멋있어져서 돌아올 거야
아무리 거센 물살이라도 거슬러 올라
네게로 갈 수 있는 튼튼한 물고기가 되어
네 반짝이는 두 눈을 향해 헤엄쳐 갈 거야

그때까지 잘 지내, 수정아

안양천

안양천에서 우리는
커다란 붕어와 뛰어오르는 피라미
빛나는 은빛 물고기들을 잡아
교실 어항에 넣어 두었습니다

봄엔 크고 아름다운 물고기들을
여름엔 작아도 아름다운 물고기들을
가을엔 작고 못생긴 물고기들을
겨울엔 물고기가 아닌 것들을

어느 날 안양천은 메말라
붕어, 모래무지, 돌고기, 추억, 사랑 다 사라졌어요
교실로 무엇 하나 옮겨 올 수 없는
모래강에는 봄꽃만 피고 지고

며칠을 울고 울어도
우리들 눈물은 안양천을 흐르게 할 수 없었죠
안양 1, 3, 4, 9동이 한꺼번에 재개발되고
은빛 물고기의 시절도 영영 시들어 버렸습니다

배스로 태어났을 뿐인데

파란 이불을 덮은 새벽 저수지
아직 잠든 어둠을 향해 낚싯줄을 던지자
배스 한 마리가 잡혀 올라왔다

아빠, 배스를 잡았어요
아직 어린 녀석인 것 같아요

토종 물고기를 잡아먹는 나쁜 어종이야
잡는 즉시 없애야만 한단다

아빠가 저수지 옆 닭장에 배스를 던졌다
흙바닥에 떨어진 녀석을 닭들이 쪼아 먹기 시작했다
안됐다, 그저 배스로 태어났을 뿐인데

나도 그저 나로 태어났을 뿐이야
공부 못한다고, 좋은 대학 못 간다고
잘하는 것도 없으면서 밥만 많이 먹는다고
나도 없어져야만 하는 걸까

몸이 찢기면서도 나를 보던 배스와 눈이 마주쳤다
아직 유통 기한이 한참 남은 내 사춘기가
한 점 한 점 뜯겨 사라지는 것 같았다

강물 재봉사

내가 올라가는 이 서늘한 길은
별자리 따라 수놓인 강물의 재봉선
한 땀 한 땀 물타래의 올이 풀리고
터진 실밥들이 내민 촉수 위로
은빛 보푸라기들이 퐁퐁 일어난다

반짝이는 물방울 마을을 지날 때
내 아가미에는 골무가 씌워진다
꼬리지느러미는 정교한 바늘땀
빛을 삼켜 버린 캄캄한 터널에서도
해진 물살의 구석구석을 박음질하며
투명한 금을 긋고 이정표를 세운다

세차게 굽어진 언덕을 오르며
갈기갈기 찢어진 물의 속곳을
온몸으로 휘감아 바느질한다
펄럭거리는 천은 잘 꿰매지지 않고
바늘 끝은 무참하게 무뎌진다

내 눈의 등불이 희미해질 무렵
어디선가, 모래의 젖 냄새가 난다
배꼽 아래로 밀려드는 노을이
분홍빛 꽃을 활짝 피우자
내 옆줄이 툭툭 터지기 시작한다
우툴두툴한 붉은 보풀들
촘촘하던 비늘은 듬성듬성해지고

훗날 내가 하늘의 재봉선을 지날 때
어린 보풀들은 내가 박음질한
물결무늬 이정표를 따라 바다로 갈 것이다
거기서 푸른 바늘 하나씩 품에 키워서는
다시 해지고 낡을 강물의 옷을 꿰매며
지금 이 자리로 돌아올 것이다

나의 청소년 시절 이야기 1

낚시만 남을 것이다

아버지가 내게 상속해 주신 최고의 재산은 낚시, 숲, 강물, 여름, 물고기, 그리고 자연을 사랑하는 마음이다.

자연, 이라고 발음하면 몸이 설레고 마음이 가벼워진다. 여름 숲의 물푸레나무 한 그루가 몸속에서 자라나는 느낌이다. 매년 여름 방학이면 아버지 손에 이끌려 수많은 강물과 노을, 물고기들, 그리고 별을 만났다. 비수구미, 피아시, 파서탕, 구만리, 서마니, 어성전, 부론…… 내 영혼에 음각무늬로 새겨진 그 아름다운 이름들! 나에게 낚시는 모든 것이 완전했던 유년의 행복을 재현하는 일이자 금빛 강물처럼 맑게 빛나던 순수한 마음을 회복하는 치유의 행위다.

강원도 양구 상무룡리에서 줄배를 타고 파서탕으로 들어간 유년의 여름, 계곡 바위에 매어 놓은 흑염소를 아버지와 방갈로 주인 영감님이 그 자리에서 잡는 걸 보고 어린 마음에 엄청 울었던 기억이 난다. 까만 털 속에서 더 까맣게, 그러나 한없이 반짝이던 선한 눈망울 때문이었다. 해체작업이 끝나고, 어른들은 주먹돌로 만든 화로에 장작불을 댕겨 석쇠를 얹었다. 그 위에서 흑염소 고기가 노릇노릇 익

105

어 가는데, 아……그 고소한 냄새! 울음도 뚝 그치고 어느 새 불가에 앉아 배 터지도록 고기를 입에 넣었다. 줄배를 띄워 주고 염소를 잡아 준 영감님이 껄껄 웃으며 내 머리를 쥐어박았다.

그 유년의 기억들이 울창한 잎사귀를 뻗어 추억이라는 그늘을 드리우기도 하고, 뙤약볕 같은 세상살이를 막아 주기도 한 덕분에, 나는 가난과 외로움과 열등감으로 괴로웠던 청소년기를 어떻게든 지나올 수 있었다. 어린 날 자연의 기억들이 지금껏 나를 살게 했다.

낚시꾼들이 가장 사랑하는 영화 〈흐르는 강물처럼〉 엔딩 장면에서 주인공 노먼 맥클레인은 강물에 몸을 담근 채 낚시 매듭을 묶으며 젊은 시절 자신이 사랑했던 목사 아버지, 자애로운 어머니, 일찍 세상을 떠난 동생 폴, 마을 축제에서 만나 결혼해 일생을 함께 산 아내 제시를 추억한다. 모두 다시는 만날 수 없는, 이제는 사라진 사람들이다.

팔순이 넘은 노먼에겐 오직 낚시만 남았다. 평생의 추억이 흐르는 빅블랙풋 강에서 낚시를 할 때면 강물 소리와 바람, 물고기 입질, 후회, 상처, 사랑했던 모든 사람들의 음성과 눈빛이 하나로 합쳐져 영혼 속으로 스며든다. 아버지는 없지만 어린 시절 아버지로부터 플라이 낚시를 배운 강은 여전히 흐른다. 동생은 없지만 젊은 날 그와 함께 낚시했던 강은 그때처럼 흐른다. 보수적이고 정형화된 낚시를 하는 자신과 달리 자유분방하고 창조적 방식으로 자신만의 세계를 개척한 폴이 급류에 휩쓸리면서까지 대형 무지개 송어를 낚은 걸 보고 '완벽함이란 이런 것'이라며 감탄한 여름날은 수십 년 전의 추억이 되었다. 하지만 그때 세 부자父子가 걸터앉아 쉬던 물가의 바위, 머리 위로 쏟아지던 햇살, 나무에 매달려 울던 매미 소리는 지금도 변함없다.

어릴 적 하던 놀이 중 지금도 즐기는 것은 낚시뿐이다. 테니스공 동네 야구는 근사한 장비를 갖춘 사회인 야구로 발전했지만 어릴 때만큼 재밌지가 않다. 이제는 운동장에서 공도 안 차고, 연날리기도 안 하고, 숨바꼭질도 안 하고, 술래잡기도 안 하고, 눈 오는 날 눈사람도 안 만들고, 마대자루 썰매도 안 타고, 전자오락실에도 안 가고, 잠자리채로 곤충 채집도 안 한다. 낚시만 남았다.

책가방에 몰래 편지와 초콜릿 넣어 주던 풋사랑은 너무 오래된 추억이다. 경기도 이천 아웃렛 매장에 가 부들부들 떨리는 손으로 점퍼 안주머니에서 돈 봉투를 꺼내 처음으로 명품 가방을 사서 선물한 그녀도 추억이 되었다. 앞으로는 아마 더 많은 순간들이, 더 많은 사람들이, 더 많은 사랑이 흐르는 강물에 떠내려갈 것이다. 내게서부터 멀리멀리 사라져 갈 것이다.

낚시만 남을 것이다. 사랑했던 사람들 다 사라지고, 젊음도 사라지고, 육체의 생기도 사라지고, 어떤 기억들은 아예 사라지고, 세상의 일부마저 사라져도 낚시는 남을 것이다. 많은 세월 지난 어느 날, 해 저무는 섬진강 물가에 서서 수십 년 동안 저기 그대로 있는 수중 바위를 향해 나는 루어를 던질 것이다.

아버지가 멍텅구리 채비에 떡밥 달아 준 낚싯대로 마자, 모래무지, 붕어, 돌고기 낚아 올리던 그 낚시만 남을 것이다. 고무보트 타고 낚시 간 아버지가 오기만을 기다리며 여동생과 함께 뜰채로 물 저어 송사리 떼 건져 올리던 그 낚시만 남을 것이다. 한밤중 텐트에서 "나 배고파" 하면 엄마가 버너에 코펠 올려 끓여 주던 그 라면 맛만 남을 것이다. 친구들과 꺽지매운탕 끓여 먹고 놀던 여름 강가의 총총한 별빛만 남을 것이다.

모든 추억들이 낚시와 함께 남을 것이다. 이것은 마음 환해지는 문장, 어디선가 강물 소리가 들리는 듯하다. 아니다. 내가 사랑하는 사람들의 목소리다.

어떤 서평

엄마

어제 오후 1:21

수신전화, 1분 59초

― 집 아니야?

― 응 멀리 섬에 왔어.

― 낚시 갔어? 섬 어디?

― 가거도.

― 가거도가 어디야?

― 목포에서 배 타고 네 시간 가. 흑산도 지나서.

― 멀리도 갔다. 엄마도 흑산도 홍도 이런 데 가 보고 싶어. 하여간 조심히 다녀.

― 할머니 귀 염증 연고 발라 주려고 병원 갔는데 면회 절대 안 된다고 해서 들어가지도 못하고 왔어.

― 지금 코로나 난린데, 어쩔 수 없지. 걱정이네…… 나는 화이자 맞기로 했어.

― 잘 알아보고 맞아. 삼성병원 선생님한테 주사 맞아도 되냐고 물어봐.

—응. 아무 이상 없대.

—너 책 있잖아. 엄마 아는 분이 책 읽었는데 너무 좋다고
두 번이나 읽었대.
—그랬어?
—응, 그래가지고 엄마가 다시 보인대. 어떻게 이렇게 자식
을 잘 키웠냐고.
—에이 뭘…….
—그분이 외국에서 살다 와서 너 여기저기 여행 다니고 그
런 거 공감이 간대. 어떻게 이렇게 자식을 잘 키웠냐고 그래
서 내가 키운 게 아니고 자기가 혼자 알아서 컸다고 했어.
—아냐, 엄마가 키웠지.

—아무튼 내일 올라갈 거야. 가서 모레쯤 집에 생선 갖다
주러 갈게.
—조심해서 다녀.
—응, 알았어.

"내가 키운 게 아니고 자기가 알아서 컸다"는 엄마 말에
울컥해서 말 돌려 금방 끊었다. 중학교 교복을 입으면서부
터 학교 마치고 집에 오면 아무도 없었다. 아버지는 수년째
지방 어딘가에. 엄마는 식당에, 포장지 공장에, 인력 사무소
에. 그래서 나는 학교 마치면 할아버지 할머니 도와 폐지 줍

고, 혼자 사당초등학교 운동장에서 공 던지고 공 차고, 혼자 철가방 들고 분식집 배달 오토바이 몰고 그랬다. 친구들과 어울려 술 마시고 아무 데서나 자고 어디서 싸우다 두드려 맞고 그랬다. 술 취해 비틀거리는 새벽길에 교회 지하 기도실에 가 혼자 기도했다. 가족들이 다시 모여 살 수 있게 해 달라고. 사랑한다고 말할 수 있게 해 달라고. 사랑한다고. 사랑한다고. 나는 강하니까 가족들에게 예정된 고통과 불행이 있다면 다 나에게 달라고. 나는 강하다고. 강하다고.

내가 술 먹고 하던 이런 기도를 엄마는 매일 매 순간 해 오지 않았을까. 강해야 한다고. 사랑한다고. 엄마는 강하다. 나를 키웠다. 아니, 엄마는 약하다. 그래, 내가 커야 한다. 나는 아직도 다 크지 못하고 오래되어 희미해진 원가족의 울타리 안에 머물러 있다. 진작 내가 울타리가 됐어야 하는데. 정말 강해졌어야 하는데.

고등학교 다닐 적엔가, 눈 못 보고 귀 들리지 않는 할머니께서 훤히 보고 잘 듣는 꿈을 꾼 일이 있다. 잠에서 깨어 꿈이었음을 알고 얼마나 울었는지 모른다. 간절한 소망들, 이루어질 수 없는 바람들이 내 안에 쌓이고 쌓이다 보면 언젠가는 꿈으로 쏟아져 흐르는 걸까. 사업에 실패한 아버지께서 가족과 떨어져 지방을 전전하시던 내 사춘기 때는 아버지와 함께 낚시하는 꿈을 참 많이도 꿨다. 힘든 훈련을 견디던 육군 장교 후보생 시절은 또 어떤가. 종이 열 장을 버리고 열한 장째야 비로소 써서 보내셨다는 엄마의 편지를 읽다 잠들면 편지를 두고 잠든 머리맡에 내 이름을 부르는 엄마의 목소리가 봄 햇살처럼 화사하게 찰랑이곤 했다.

내일모레 마흔인 나는 요즘 엄마 꿈을 자주 꾼다. 어린애처럼 "엄마 엄마 이리 와 요것 보셔요" 하는 동요를 자주 흥얼거린다. "엄마 일 가는 길에 하얀 찔레꽃" 하는 노래도 습관처럼 부른다. 그러다 갑자기 눈물도 흘린다. 나이가 들수록 강해지기는커녕 더 약해지기만 한다. 사랑한다고, 나는 강하다고, 다시 기도해야겠다.

'내가 잘 큰 게 아니고 엄마가 잘 키운 거지. 근데 나 잘 큰 거 맞아? 아니, 아직도 안 컸잖아. 나를 혼자 뒀던 게 마음 아파? 내가 행복한 모든 순간에 엄마가 있었어. 엄마가 있어 모든 순간이 행복했어. 나는 엄마 아들이야. 내가 쓰는 모든 문장들은 엄마가 내 영혼에 새겨 준 사랑의 무늬들이야.'

무뚝뚝한 아들이라서, 이 말은 결코 못 하겠지. 내내 혼잣말이겠지. 낚시로 잡은 돌돔이랑 농어랑 볼락이나 좀 갖다드려야지.

독서활동지

▷ 이병철 시인은 알록달록 자기 색깔을 뽐내는 물고기처럼 우리에게도 울긋불긋한 색깔들이 많다고 말합니다. 나를 색깔로 표현하면 무슨 색일까요? 그 이유를 함께 말해 볼까요?

▷ 「물고기가 부러워」(18쪽)라는 시에서 시인은 강과 바다를 자유롭게 헤엄치는 물고기가 부럽다고 말합니다. 동물이나 사물이 부러웠던 적 있나요? 왜 부러웠나요?

▷ 「물고기 별명」(22쪽)처럼 선생님이나 친구들, 부모님의 별명을 지어 봅시다.

▷ 「네버랜드」(35쪽)에서는 머리 아픈 것들을 피해 댄스 스튜디오로 피난했다고 말합니다. 나는 달아나고 싶을 때 무엇을 하나요?

▷ 「어른이 된다는 것」(48쪽)처럼 예전에는 소중하고 재미있었는데 이제는 잊힌 추억이 있나요?

▷ 이 책에서 인상적인 시구절을 넣어 그림(또는 만화)으로 표현해 볼까요.

▷ 가장 친한 친구는 누구인가요? 그 친구와 같이 읽고 싶은 시는 무엇인가요?

......

▷ 이병철 시인은 「만이천 원짜리 결석」(82쪽)에서 결석하고 낚시를 했던 경험에 대해 이야기합니다. 나도 결석을 해 본 적 있나요? 결석을 하고 무엇을 했나요?

......

해저 연애 통신
2024년 5월 15일 1판 1쇄 펴냄

지은이   이병철
펴낸이   김성규
편집   김안녕 조혜주 한도연
디자인   신아영 신혜연
펴낸곳   쉬는시간
주소   서울 마포구 동교로 17길 65, 501호
전화   02 323 2602
팩스   02 323 2603
등록   2019년 9월 3일 제2022-000287호

ISBN 979-11-984300-3-8 44810
ISBN 979-11-984300-0-7 (세트)

* 이 책은 2024년 문화예술인 지원사업 〈모든예술31(경기예술활동지원)x안양〉에 선정되어
  경기도, 경기문화재단, 안양시, 안양문화예술재단의 지원을 받아 제작되었습니다.
* 이 책 내용의 전부 또는 일부를 재사용하려면 반드시 지은이와 출판사의
  동의를 얻어야 합니다.
* 잘못된 책은 교환해 드립니다.